AF509270

SERMON
SUR LA MONTAGNE,

en Grec et en Basque,

PRÉCÉDÉ

DU PARADIGME

DE LA CONJUGAISON BASQUE,

PAR

M. Fleury de Lécluse,

DOYEN DE LA FACULTÉ DES LETTRES DE TOULOUSE, ET PROFESSEUR
DE LITTÉRATURE GRECQUE ET DE LANGUE HÉBRAÏQUE A LA
MÊME FACULTÉ ; CHEVALIER DE LA LÉGION D'HONNEUR ;
MEMBRE DE L'ACADÉMIE DES SCIENCES, INSCRIPTIONS
ET BELLES LETTRES DE TOULOUSE ; MEMBRE
HONORAIRE DE LA SOCIÉTÉ ANGLAISE DE
GWYNEDDIGION, ETC.

Πᾶσα γλῶσσα ἐξομολογήσεται τῷ Θεῷ.
Mihi guciac laudario emanen dio Yaincoari.

ROM. XIV. II.

TOULOUSE,

IMPRIMERIE DE VIEUSSEUX, RUE S.-ROME, N.° 46.

1831.

Vie de Périclès (Grecq.-Franç.) à l'usage de la jeunesse Française et Grecque ; Toulouse, Vieusseux, 1828, in-12.

Plauto Poligloto, ó sea hablando libremente Hebreo, Cantabro, Céltico, Irlandés, Hungaro, etc.; en Tolosa, diciembre, año de 1828.

Batrakhomyomachie, en vers Grecs, Latins, Français et Grecs-modernes ; Toulouse, Vieusseux, 1829, in-8º.

Dissertation sur la Prononciation Grecque ; Toulouse, Vieusseux, 1829, in-8º.

Sermon sur la Montagne, en Grec et en Basque, précédé du Paradigme de la Conjugaison Basque ; Toulouse, Vieusseux, 1851, in-8º.

N. B. — M. Fl. de Lécluse a publié, en 1826, à Toulouse, chez Douladoure, un Manuel Basque (vol. in-8º) qui fut accueilli favorablement par les Basques lettrés (*), et par plusieurs linguistes distingués de l'Europe savante. Il fait maintenant appel aux Libraires et aux Amis des lettres pour l'impression de son :

Escuararen Gorputza (*Lexicon Cantabricum*) ou Dictionnaire Basque, Espagnol et Français, composé de 40,000 articles, et formant 2 vol. in-8º de 1000 pages à deux colonnes, ou 1 fort vol. in-4º, à trois colonnes. — Deux prospectus Espagnols et Français ont déjà annoncé ce long et pénible ouvrage, attendu avec impatience dans les deux Cantabries.

(*) « Parmi ceux de la nation, le père Larramendi est l'auteur
» qui a le plus mérité de sa langue. Parmi les étrangers, la
» première place est due à un linguiste marquant, professeur de
» littérature grecque et de langue hébraïque à la Faculté des
» Lettres de Toulouse. On sait que M. de Lécluse, s'occupe du
» Basque depuis environ deux ans, et qu'il publia l'année dernière
» un Manuel de cette langue, fruit précoce d'un esprit méthodique
» et pénétrant. »   Feu l'Abbé Darrigol.

PRÉFACE.

La Société de Londres connue sous le nom de Gwyneddigion, en me faisant l'honneur de me désigner pour un de ses membres honoraires, m'a fait demander la publication de quelques morceaux Basques, qui, accompagnés d'une traduction fidèle, pussent contribuer à faire connaître le caractère de cette Langue, aussi remarquable par son antiquité, que par la richesse de sa Conjugaison.

Pour répondre aux vœux de cette savante Compagnie, j'ai cru ne pouvoir mieux faire que de publier, en Grec et en Basque, la grande Charte des Chrétiens, composée de 24 titres ou paragraphes, et contenue dans les chap. 5.ᵉ, 6.ᵉ et 7.ᵉ de St-Matthieu.

En tâchant d'établir la plus grande conformité possible entre les deux langues, j'ai suivi de très-près le Basque de la rare et précieuse édition du Nouveau Testament, publiée par Jean de Lizarrague, à la Rochelle, en 1571, à laquelle le R. P. Larramendi attachait tant d'importance. Ce docte Jésuite disait que le Basque en était très-pur : *es diestrísimo el Bascongado ;* et il répondait à ceux qui lui demandaient si le traducteur était catholique ou protestant : *no se puede conocer que sea Calvinista el traductor, que está, á mi entender, muy ajustado en su traduccion.*

Le Paradigme de la Conjugaison Basque est extrait de mon Manuel Basque, et présente, en 4 tableaux symmétriques, l'ensemble des 340 inflexions que renferment le *présent* et l'*imparfait* de l'indicatif des deux verbes DA (il est) et DU (il a), dont le premier sert à conjuguer les verbes passifs ou neutres, et le second les verbes actifs ; et qui, par des modifications aussi régulières que variées, embrassent toutes les relations connues sous les noms de complémens directs et indirects, tant singuliers que pluriels.

Toulouse, mai 1831.

Fl. Lécluse.

IRAKHURZAILEARI.

La langue Basque n'ayant plus, comme la Grecque, de caractères qui lui soient propres, j'ai fait usage des caractères latins, pour peindre les *Voix* et les *Articulations* de la langue parlée.

Voix simples et composées :

A, E, I, O, U (ou).

ai, ei, oi, au, eu, ea, ia, oa, ua, ue, *etc.*

Articulations :

Ba, Ga (gue, gui), Da, Ma, La, Na, Ra, Za (ce, ci), Sa, CHa.
Pa, Ca (ke, ki), Ta, Fa, Lia, Nia, RRa, TZa (tce, tci), TSa, Ya.

Observations :

1º Pour éviter le concours de trois voyelles, j'ai écrit *aya, eya, oya, aba, eba, ahoa,* au lieu de *aia, eia, oia, aua, eua, aoa.*

2º Les Basques espagnols ne font aucun usage du H, signe d'aspiration; les Basques français, au contraire, regardent les lettres P, K, T comme à-peu-près équivalentes de Φ, X, Θ. — J'ai écrit *hi, hic, hura, harc, handi, nahi, dohatsu.*

3º L et N, précédés ou suivis d'un I, prennent un son *mouillé,* comme dans la dernière syllabe des mots français *péril, compagnie.*

4º R, simple ou double, a les deux degrés de force représentés chez les Grecs par Ρ̇ ou Ρ̓; mais quand il doit commencer un mot, les Basques le font précéder de la voyelle E, disant *Erroma* au lieu de *Roma.*

5º Comme on écrit *bada, badu, bacen, baguinen,* j'ai de même écrit *baida, baidu, baicen, baiguinen,* quoique ces mots se prononcent souvent *baita, baitu, baitcen, baikinen.* — Même observation sur *ez bada, ez guinen, ez dut, ez ciren,* qui se prononcent assez ordinairement *ezpada, ezkinen, eztut, etciren.*

6º J'ai toujours remplacé J, Q, V, X, par Y, K, B, TS. Je n'ignore pas toutefois que *Jesus* et *Jauna* se prononcent, dans le pays de Soule, comme si c'étaient des mots français, tandis que, dans la province de Guipuzcoa, ils se prononcent à la moresque *Khesus, Khauna;* et si je les ai écrits *Yesus, Yauna,* c'est parce qu'il m'a semblé que notre Y se rapprochait le plus de la prononciation naturelle.

PARADIGME
DE LA CONJUGAISON BASQUE.

NIZ εἰμί, HIZ εἶς, DA ἐςί. Guire ἐσμέν, cire cirete } ἐςέ, dire εἰσί.

Nincen ἦν, hincen ἦς, cen ἦ. Guinen ἦμεν, cinen cineten } ἦτε, ciren ἦσαν.

Ces 14 inflexions en produisent 80 autres, contenues dans le tableau n.° I. Voici leur usage : *Adiskide nizayo*, je suis son ami, *littér.* ami je lui suis ; *minzo nizayote*, je leur parle, *littér.* parlant je leur suis. *Cire* et *cinen* sont des singuliers respectueux, qui répondent au *vous* sing. des Français.

Le tableau n.° II renferme les 78 inflexions du verbe DUT, DUC *ou* DUN, DU, j'ai, tu as, il a. *Duc* est pour le masculin, et *dun* pour le féminin. *Duzu*, sing. respectueux, est commun. Voici l'usage de ce verbe : *Maite dut*, je le chéris, *littér.* cher je l'ai ; *othoizten ditut*, je les prie.

Les modifications du verbe NIZ servent donc pour marquer le complément indirect d'un verbe passif ou neutre, et celles de DUT le complément direct d'un verbe actif. Les tableaux n.ᵒˢ III et IV vont présenter les 168 inflexions de DIOT (nouvelle modification de DUT), destinées à exprimer à la fois les deux complémens direct et indirect, tant singuliers que pluriels, d'un verbe actif ; c'est le triomphe de la Conjugaison Basque. Voici l'usage de ces inflexions : *Emaiten diot*, je le lui donne ; *emaiten dayet*, je le leur donne ; *emaiten diotzat*, je les lui donne ; *emaiten daiztet*, je les leur donne.

Il est à propos de remarquer que la plupart de ces inflexions varient selon les différens dialectes ; et que pour dire, par exemple, *je les leur donne*, on peut dire en Basque, en conservant toujours *emaiten* :

Daiztet, dioztet, diotzatet, diozcatet, diautzatet, diauzcatet, darotzatet, darozcatet, derautzatet, derauzcatet, drautzatet, drauzcatet, daizcotet, daizkiotet, dizkiotet, darozkiotet, derauzkiotet, drauzkiotet, deutsedaz, deuztedaz.

Les deux dernières de ces variétés appartiennent au dialecte Bizcayen.

N.° 1.

Nizayo	*Je lui* suis	Nizayote	*Je leur* suis
hizayo	*tu lui*	hizayote	*tu leur*
zayo	*il lui*	zayote	*il leur*
guizayo	*nous lui*	guizayote	*nous leur*
cizayo ⎫ cizaizco ⎭	*vous lui*	cizayote ⎫ cizaizcote ⎭	*vous leur*
zaizco	*ils lui*	zaizcote	*ils leur*
nizauc ⎫ nizaun ⎭	*je te*	nizauzu ⎫ nizauzue ⎭	*je vous*
zauc ⎫ zaun ⎭	*il te*	zauzu ⎫ zauzue ⎭	*il vous*
guizauc ⎫ guizaun ⎭	*nous te*	guizauzu ⎫ guizauzue ⎭	*nous vous*
zaic ⎫ zain ⎭	*ils te*	zaizu ⎫ zaizue ⎭	*ils vous*
hizaut	*tu me*	hizaugu	*tu nous*
zaut	*il me*	zaugu	*il nous*
cizaut ⎫ cizait ⎭	*vous me*	cizaugu ⎫ cizaigu ⎭	*vous nous*
zait	*ils me*	zaigu	*ils nous*

————◦————

Ninzayon	*Je lui* étais	Ninzayoten	*Je leur* étais
hinzayon	*tu lui*	hinzayoten	*tu leur*
zayon	*il lui*	zayoten	*il leur*
guinzayon	*nous lui*	guinzayoten	*nous leur*
cinzayon ⎫ cinzaizcon ⎭	*vous lui*	cinzayoten ⎫ cinzaizcoten ⎭	*vous leur*
zaizcon	*ils lui*	zaizcoten	*ils leur*
ninzaucan ⎫ ninzaunan ⎭	*je te*	ninzauzun ⎫ ninzauzuen ⎭	*je vous*
zaucan ⎫ zaunan ⎭	*il te*	zauzun ⎫ zauzuen ⎭	*il vous*
guinzaucan ⎫ guinzaunan ⎭	*nous te*	guinzauzun ⎫ guinzauzuen ⎭	*nous vous*
zaican ⎫ zainan ⎭	*ils te*	zaizun ⎫ zaizuen ⎭	*ils vous*
hinzautan	*tu me*	hinzaugun	*tu nous*
zautan	*il me*	zaugun	*il nous*
cinzautan ⎫ cinzaitan ⎭	*vous me*	cinzaugun ⎫ cinzaigun ⎭	*vous nous*
zaitan	*ils me*	zaigun	*ils nous*

N.º II.

Dut	*Je le prie*	Ditut	*Je les prie*
duc / dun	*tu le*	dituc / ditun	*tu les*
du	*il le*	ditu	*il les*
dugu	*nous le*	ditugu	*nous les*
duzu / duzue	*vous le*	dituzu / dituzue	*vous les*
dute	*ils le*	dituzte	*ils les*
hut	*je te*	citut / cituztet	*je vous*
hu	*il te*	citu / cituzte	*il vous*
hugu	*nous te*	citugu / cituztegu	*nous vous*
hute	*ils te*	cituzte / cituztete	*ils vous*
nuc / nun	*tu me*	guituc / guitun	*tu nous*
nu	*il me*	guitu	*il nous*
nuzu / nuzue	*vous me*	guituzu / guituzue	*vous nous*
nute	*ils me*	guituzte	*ils nous*

———————

Nuen	*Je le priais*	Nituen	*Je les priais*
huen	*tu le*	hituen	*tu les*
zuen	*il le*	cituen	*il les*
guinuen	*nous le*	guinituen	*nous les*
cinuen / cinuten	*vous le*	cinituen / cinituzten	*vous les*
zuten	*ils le*	cituzten	*ils les*
hintuan	*je te*	cintuan / cintuztean	*je vous*
hintuen	*il te*	cintuen / cintuzten	*il vous*
hintugun	*nous te*	cintugun / cintuztegun	*nous vous*
hiutuzten	*ils te*	cintuzten / cintuzteten	*ils vous*
nintucan / nintunan	*tu me*	guintucan / guintunan	*tu nous*
nintuen	*il me*	guintuen	*il nous*
nintuzun / nintuzuen	*vous me*	guintuzun / guintuzuen	*vous nous*
nintuzten	*ils me*	guintuzten	*ils nous*

N.º III.

Dıoт	*Je le lui donne*	Dayet	*Je le leur donne*
dioc ⎱ dion ⎰	*tu le lui*	dayec ⎱ dayen ⎰	*tu le leur*
dio	*il le lui*	daye	*il le leur*
diogu	*nous le lui*	dayegu	*nous le leur*
diozu ⎱ diozue ⎰	*vous le lui*	dayezu ⎱ dayezue ⎰	*vous le leur*
diote	*ils le lui*	dayete	*ils le leur*
dayat ⎱ daunat ⎰	*je te le*	dautzut ⎱ dautzuet ⎰	*je vous le*
dauc ⎱ daun ⎰	*il te le*	dautzu ⎱ dautzue ⎰	*il vous le*
dayagu ⎱ daunagu ⎰	*nous te le*	dautzugu ⎱ dautzuegu ⎰	*nous vous le*
dayate ⎱ daunate ⎰	*ils te le*	dautzute ⎱ dautzuete ⎰	*ils vous le*
dautac ⎱ dautan ⎰	*tu me le*	dauguc ⎱ daugun ⎰	*tu nous le*
daut	*il me le*	daugu	*il nous le*
dautazu ⎱ dautazue ⎰	*vous me le*	dauguzu ⎱ dauguzue ⎰	*vous nous le*
dautate	*ils me le*	daugute	*ils nous le*

Nion	*Je le lui donnais*	Nayen	*Je le leur donnais*
hion	*tu le lui*	hayen	*tu le leur*
cion	*il le lui*	zayen	*il le leur*
guinion	*nous le lui*	guinayen	*nous le leur*
cinion ⎱ cinioten ⎰	*vous le lui*	cinayen ⎱ cinayeten ⎰	*vous le leur*
cioten	*ils le lui*	zayeten	*ils le leur*
nayan ⎱ naunan ⎰	*je te le*	nautzun ⎱ nautzuen ⎰	*je vous le*
zayan ⎱ zaunan ⎰	*il te le*	zautzun ⎱ zautzuen ⎰	*il vous le*
guinayan ⎱ guinaunan ⎰	*nous te le*	guinautzun ⎱ guinautzuen ⎰	*nous vous le*
zayaten ⎱ zaunaten ⎰	*ils te le*	zautzuten ⎱ zautzueten ⎰	*ils vous le*
hautan	*tu me le*	haugun	*tu nous le*
zautan	*il me le*	zaugun	*il nous le*
cinautan ⎱ cinautaten ⎰	*vous me le*	cinaugun ⎱ cinauguten ⎰	*vous nous le*
zautaten	*ils me le*	zauguten	*ils nous le*

N.º IV.

Diotzat	*Je les lui donne*	Daiztet	*Je les leur donne*
diotzac ⎱ diotzan ⎰	*tu les lui*	daiztec ⎱ daizten ⎰	*tu les leur*
diotza	*il les lui*	daizte	*il les leur*
diotzagu	*nous les lui*	daiztegu	*nous les leur*
diotzazu ⎱ diotzazue ⎰	*vous les lui*	daiztezu ⎱ daiztezue ⎰	*vous les leur*
diotzate	*ils les lui*	daiztete	*ils les leur*
daizcat ⎱ dainat ⎰	*je te les*	daitzut ⎱ daitzuet ⎰	*je vous les*
daic ⎱ dain ⎰	*il te les*	daitzu ⎱ daitzue ⎰	*il vous les*
daizcagu ⎱ dainagu ⎰	*nous te les*	daitzugu ⎱ daitzuegu ⎰	*nous vous les*
daizcate ⎱ dainate ⎰	*ils te les*	daitzute ⎱ daitzuete ⎰	*ils vous les*
daiztac ⎱ daiztan ⎰	*tu me les*	daizguc ⎱ daizgun ⎰	*tu nous les*
dait	*il me les*	daizgu	*il nous les*
daiztazu ⎱ daiztazue ⎰	*vous me les*	daizguzu ⎱ daizguzue ⎰	*vous nous les*
daiztate	*ils me les*	daizgute	*ils nous les*

———◦———

Niotzan	*Je les lui donnais*	Naizten	*Je les leur donnais*
hiotzan	*tu les lui*	haizten	*tu les leur*
ciotzan	*il les lui*	zaizten	*il les leur*
guiniotzan	*nous les lui*	guinaizten	*nous les leur*
ciniotzan ⎱ ciniotzaten ⎰	*vous les lui*	cinaizten ⎱ cinaizteten ⎰	*vous les leur*
ciotzaten	*ils les lui*	zaizteten	*ils les leur*
naizcan ⎱ nainan ⎰	*je te les*	naitzun ⎱ naitzuen ⎰	*je vous les*
zaizcan ⎱ zainan ⎰	*il te les*	zaitzun ⎱ zaitzuen ⎰	*il vous les*
guinaizcan ⎱ guinainan ⎰	*nous te les*	guinaitzun ⎱ guinaitzuen ⎰	*nous vous les*
zaizcaten ⎱ zainaten ⎰	*ils te les*	zaitzuten ⎱ zaitzueten ⎰	*ils vous les*
haiztan	*tu me les*	haizgun	*tu nous les*
zaiztan	*il me les*	zaizgun	*il nous les*
cinaiztan ⎱ cinaiztaten ⎰	*vous me les*	cinaizgun ⎱ cinaizguten ⎰	*vous nous les*
zaiztaten	*ils me les*	zaizguten	*ils nous les*

MENDIGAINECO

IRAKHASPENA.

Igan cen Yesus mendi batetara ; eta , yarri cenean , hurbildu zaizcon bere discipuluac ; eta , bere ahoa idekiric , iracasten cituen , erraiten zuela :

§. 1. — *Zorci Dohatsutasunac.*

1. Dohatsu dire izpirituz pobreac ,
   ceren heyen baida ceruetaco erresuma.
2. Dohatsu dire nigarrez daudenac ,
   ceren hec consolatuco baidire.
3. Dohatsu dire emeac ,
   ceren heyec lurra heretatuco baidute.
4. Dohatsu dire yusticiaz gose eta egarriac ,
   ceren hec aseco baidire.
5. Dohatsu dire misericordiosoac ,
   ceren heyei misericordia eguinen baizayote.
6. Dohatsu dire bihotcez chahuac ,
   ceren heyec Yaincoa icusico baidute.
7. Dohatsu dire baketzaileac ,
   ceren hec Yaincoaren haur deituco baidire.
8. Dohatsu dire yusticia gatic persecutatuac ,
   ceren heyen baida ceruetaco erresuma.

Dohatsu izanen cirete, inyuriatu eta persecutatu cituzketenean, eta hitz gaisto guciac erran dituztenean zuen contra , guezurrez, ene gatic : boz eta aleguera citezte, ceren zuen saria handi baida ceruetan ; eçen hala persecutatu dituzte zuen aitcineco profetac.

Ἡ ἉΓΊΑ

ὈΡΕΙΚΉΡΥΞΙΣ.

Ἀνέβη Ἰησοῦς εἰς τὸ ὄρος· καὶ, καθίσαντος αὐτοῦ, προςῆλθον αὐτῷ οἱ μαθηταὶ αὐτοῦ· καὶ, ἀνοίξας τὸ ϛόμα αὐτοῦ, ἐδίδασκεν αὐτούς, λέγων·

§. 1. — Αἱ ὀκτὼ Μακαριότητες.

1. Μακάριοι οἱ πτωχοὶ τῷ πνεύματι,
    ὅτι αὐτῶν ἐϛιν ἡ βασιλεία τῶν οὐρανῶν.

2. Μακάριοι οἱ πενθοῦντες,
    ὅτι αὐτοὶ παρακληθήσονται.

3. Μακάριοι οἱ πραεῖς,
    ὅτι αὐτοὶ κληρονομήσουσι τὴν γῆν.

4. Μακάριοι οἱ πεινῶντες καὶ διψῶντες τὴν δικαιοσύνην,
    ὅτι αὐτοὶ χορτασθήσονται.

5. Μακάριοι οἱ ἐλεήμονες,
    ὅτι αὐτοὶ ἐλεηθήσονται.

6. Μακάριοι οἱ καθαροὶ τῇ καρδίᾳ,
    ὅτι αὐτοὶ τὸν Θεὸν ὄψονται.

7. Μακάριοι οἱ εἰρηνοποιοί,
    ὅτι αὐτοὶ υἱοὶ Θεοῦ κληθήσονται.

8. Μακάριοι οἱ δεδιωγμένοι ἕνεκεν δικαιοσύνης,
    ὅτι αὐτῶν ἐϛιν ἡ βασιλεία τῶν οὐρανῶν.

Μακάριοί ἐϛε, ὅταν ὀνειδίσωσιν ὑμᾶς καὶ διώξωσι, καὶ εἴπωσι πᾶν πονηρὸν ῥῆμα καθ' ὑμῶν, ψευδόμενοι, ἕνεκεν ἐμοῦ· χαίρετε καὶ ἀγαλλιᾶσθε, ὅτι ὁ μισθὸς ὑμῶν πολὺς ἐν τοῖς οὐρανοῖς· οὕτω γὰρ ἐδίωξαν τοὺς προφήτας, τοὺς πρὸ ὑμῶν.

§. 2. Zuec cirete lurreco gatza. Bainan baldin gatzac galcen badu bere gacitasuna , certaz gacituco da ? Ez da guehiagoric deus gai , campora botatceco eta guizonez osticatu izaiteco baicen. Zuec cirete munduco arguia. Ecin estal diteke hiri bat mendi gainean yarria : eta ez dute pizten candela , eta hura etzarcen gaiceru pian , bainan candelereau ; eta argui eguiten diote echeco guciei. Hala argui dezala zuen arguiac guizonen aitcinean , zuen obra onac icus ditzatenzat , eta glorifica dezaten zuen aita ceruetan dena.

§. 3. Ez dezazuela uste leguearen edo profeten kencera etorri nicela : ez niz etorri kencera , bainan betetcera. Ecen eguiaz diotsuet , iragan diteno cerua eta lurra , iota bat edo puntu bat ez da leguetic iraganen , gauza guciac eguin diteno. Norc ere beraz hautsico baidu manamendu chipien hautaric bat , eta iracatsico baiditu hunela guizonac , chipien deituco da hura ceruetaco erresuman : bainan norc ere eguinen baiditu eta iracatsico , hura handi deituco da ceruetaco erresuman.

§. 4. Ecen diotsuet , zuen yusticiac ez badu gainduratcen Scribena eta Farisabena , zuec ez ciretela sartuco ceruetaco erresuman. Enzun duzue lehenagocooei erran izan zayotela : « Ez duzu hilen ; eta norc ere hilen baidu , hura izanen da punigarri yuyamenduaz. » Bainan nic diotsuet , nor ere haserretcen baizayo bere anayari causa gabe , izanen dela punigarri yuyamenduaz : eta norc ere erranen baidio bere anayari , *erraca !* hura consciluaz punigarri izanen dela : eta norc ere erranen baidio , erhoa ! hura suzco Yehenaz punigarri izanen dela.

§. 5. Beraz baldin zure ofrenda eramaiten baduzu aldarera , eta han oroit bacite zure anayac baduela cerbait zure contra , utzazu han zure ofrenda aldare aitcinean , eta zoaci ; lehenic erreconcilia cite zure anayarekin , eta orduan etorriric presenta zazu zure ofrenda. Acort cite zure partida contrarioarekin laster , harekin bidean cireno , beldurrez zure partida contrarioac libra citzan yuyeari , eta yuyeac libra citzan saryantari , eta presointeguian etzar citen. Eguiaz diotsut , ez cire ateraco handic , errenda dezazuno azken cornadoa.

§. 6. Enzun duzue erran izan dela : « Ez duzu adulterioric eguiten. » Bainan nic diotsuet , norc ere behatcen baidio emazte bati , hura guticia dezanzat , yadanic adul-

§. 2. Ὑμεῖς ἐςε τὸ ἅλας τῆς γῆς. Ἐὰν δὲ τὸ ἅλας μωρανθῇ, ἐν
τίνι ἁλισθήσεται; εἰς οὐδὲν ἰσχύει ἔτι, εἰ μὴ βληθῆναι ἔξω, καὶ
καταπατεῖσθαι ὑπὸ τῶν ἀνθρώπων. Ὑμεῖς ἐςε τὸ φῶς τοῦ κόσμου.
Οὐ δύναται πόλις κρυϐῆναι, ἐπάνω ὄρους κειμένη· οὐδὲ καίουσι
λύχνον, καὶ τιθέασιν αὐτὸν ὑπὸ τὸν μόδιον, ἀλλ' ἐπὶ τὴν λυχνίαν·
καὶ λάμπει πᾶσι τοῖς ἐν τῇ οἰκίᾳ. Οὕτω λαμψάτω τὸ φῶς ὑμῶν
ἔμπροσθεν τῶν ἀνθρώπων, ὅπως ἴδωσιν ὑμῶν τὰ καλὰ ἔργα, καὶ
δοξάσωσι τὸν πατέρα ὑμῶν, τὸν ἐν τοῖς οὐρανοῖς.

§. 3. Μὴ νομίσητε ὅτι ἦλθον καταλῦσαι τὸν νόμον ἢ τοὺς προ-
φήτας· οὐκ ἦλθον καταλῦσαι, ἀλλὰ πληρῶσαι. Ἀμὴν γὰρ λέγω ὑμῖν,
ἕως ἂν παρέλθῃ ὁ οὐρανὸς καὶ ἡ γῆ, ἰῶτα ἓν ἢ μία κεραία οὐ μὴ
παρέλθῃ ἀπὸ τοῦ νόμου, ἕως ἂν πάντα γένηται. Ὃς ἐὰν οὖν λύσῃ
μίαν τῶν ἐντολῶν τούτων τῶν ἐλαχίςων, καὶ διδάξῃ οὕτω τοὺς
ἀνθρώπους, ἐλάχιςος κληθήσεται ἐν τῇ βασιλείᾳ τῶν οὐρανῶν· ὃς
δ' ἂν ποιήσῃ καὶ διδάξῃ, οὗτος μέγας κληθήσεται ἐν τῇ βασιλείᾳ
τῶν οὐρανῶν.

§. 4. Λέγω γὰρ ὑμῖν ὅτι, ἐὰν μὴ περισσεύσῃ ἡ δικαιοσύνη ὑμῶν
πλεῖον τῶν Γραμματέων καὶ Φαρισαίων, οὐ μὴ εἰσέλθητε εἰς τὴν
βασιλείαν τῶν οὐρανῶν. Ἠκούσατε ὅτι ἐῤῥέθη τοῖς ἀρχαίοις· « Οὐ
φονεύσεις· ὃς δ' ἂν φονεύσῃ, ἔνοχος ἔςαι τῇ κρίσει. » Ἐγὼ δὲ λέγω
ὑμῖν, ὅτι πᾶς ὁ ὀργιζόμενος τῷ ἀδελφῷ αὐτοῦ εἰκῆ, ἔνοχος ἔςαι τῇ
κρίσει· ὃς δ' ἂν εἴπῃ τῷ ἀδελφῷ αὐτοῦ, ῥακά! ἔνοχος ἔςαι τῷ
συνεδρίῳ· ὃς δ' ἂν εἴπῃ, μωρέ! ἔνοχος ἔςαι εἰς τὴν Γέενναν τοῦ
πυρός.

§. 5. Ἐὰν οὖν προσφέρῃς τὸ δῶρόν σου ἐπὶ τὸ θυσιαςήριον,
κἀκεῖ μνησθῇς ὅτι ὁ ἀδελφός σου ἔχει τι κατὰ σοῦ, ἄφες ἐκεῖ τὸ
δῶρόν σου ἔμπροσθεν τοῦ θυσιαςηρίου, καὶ ὕπαγε· πρῶτον διαλ-
λάγηθι τῷ ἀδελφῷ σου, καὶ τότε ἐλθὼν πρόσφερε τὸ δῶρόν σου. Ἴσθι
εὐνοῶν τῷ ἀντιδίκῳ σου ταχύ, ἕως ὅτου εἶ ἐν τῇ ὁδῷ μετ' αὐτοῦ,
μήποτέ σε παραδῷ ὁ ἀντίδικος τῷ κριτῇ, καὶ ὁ κριτής σε παραδῷ
τῷ ὑπηρέτῃ, καὶ εἰς φυλακὴν βληθήσῃ. Ἀμὴν λέγω σοι, οὐ μὴ
ἐξέλθῃς ἐκεῖθεν, ἕως ἂν ἀποδῷς τὸν ἔσχατον κοδράντην.

§. 6. Ἠκούσατε ὅτι ἐῤῥέθη· « Οὐ μοιχεύσεις. » Ἐγὼ δὲ λέγω
ὑμῖν, ὅτι πᾶς ὁ βλέπων γυναῖκα, πρὸς τὸ ἐπιθυμῆσαι αὐτῆς, ἤδη

terio eguin duela harekin bere bihotcean. Bada baldin zure begui escuinac trebuca arazten bacitu , atera zazu hura , eta bota zazu zure ganic : ecen hobe da zuretzat , gal dadin zure membroctaric bat , eta ez dadin zure gorputz gucia aurdic Yehenara. Eta baldin zure escu escuinac trebuca arazten bacitu , trenca zazu hura , eta bota zazu zure ganic : ecen hobe da zuretzat , gal dadin zure membroctaric bat , eta ez dadin zure gorputz gucia aurdic Yehenara.

§. 7. Halaber erran izan da : « Norc ere utcico baidu bere emaztea , bemo separacioneco letra. » Bainan nic diotsuet , norc ere utcico baidu bere emaztea , salbo pailardizaren causaz , adulterio eraguiten dioela ; eta nor ere utciarekin ezconduco baida , harc adulterio eguiten duela. Berriz enzun duzue lehenagocoei erran izan zayotela : « Ez cire peryuratuco , bainan errendatuco diotzazu Yaunari zure yuramendu promestuac. » Bainan nic diotsuet , ez dezazuela yura batere ; ez ceruaz , ecen Yaincoaren tronoa da ; ez eta lurraz , ecen haren oinetaco alkia da ; ez eta Yerusalemez , ecen erregue handiaren hiria da : halaber zure buruaz ez duzu yuratuco , ecen ile bat churi ez belz ecin dezakezu. Bainan biz zuen hitza : bai bai , ez ez : eta hautaz guchiagocoa gaistotic da.

§. 8. Enzun duzue erran izan dela : « Beguia beguia gatic , eta horza horza gatic. » Bainan nic diotsuet , ez diozazuela erresisti gaizkiari : bainan baldin norbaitec yoiten bacitu zure escuineco matelan , itzul zozu bercea ere : eta zuri hauci eguin nahi dautzunari , eta zure yaca edeki , utzozu orobat zure capa ere : eta norc ere nahi bacitu borchatu lecoa baten eguitera , zoaci harekin biga. Galdatcen dautzunari emozu , eta zure ganic mailegatu nahi duenari ez citela urrun.

§. 9. Enzun duzue erran izan dela : « Maitatuco duzue zure lagun hurcoa , eta gaitcetsico zure etsaya. » Bainan nic diotsuet : maita itzazue zuen etsayac , benedica itzazue madaricatcen cituzketenac , ongui eguiezue gaitcezten cituzketenei , eta otoitz eguizue gaizki tratatcen eta persecutatcen cituzketenac gatic ; zuen aita ceruetan denaren haur çiteztenzat : ecen harc atera arazten du bere iguskia gaistoen eta onen gainera , eta igorcen du uria yustoen eta inyustoen gainera. Ecen baldin maite baduzue zuec maite cituzketenac , cer sari ucanen duzue ? ez dute Publicanoec

ἐμοίχευσεν αὐτὴν ἐν τῇ καρδίᾳ αὐτοῦ. Εἰ δὲ ὁ ὀφθαλμός σου ὁ δεξιὸς
σκανδαλίζει σε, ἔξελε αὐτόν, καὶ βάλε ἀπὸ σοῦ· συμφέρει γάρ σοι,
ἵνα ἀπόληται ἓν τῶν μελῶν σου, καὶ μὴ ὅλον τὸ σῶμά σου βληθῇ
εἰς Γέενναν. Καὶ εἰ ἡ δεξιά σου χεὶρ σκανδαλίζει σε, ἔκκοψον αὐτήν,
καὶ βάλε ἀπὸ σοῦ· συμφέρει γάρ σοι, ἵνα ἀπόληται ἓν τῶν μελῶν
σου, καὶ μὴ ὅλον τὸ σῶμά σου βληθῇ εἰς Γέενναν.

§. 7. Ἐῤῥέθη δὲ ὅτι « Ὃς ἂν ἀπολύσῃ τὴν γυναῖκα αὐτοῦ, δότω
αὐτῇ ἀποστάσιον. » Ἐγὼ δὲ λέγω ὑμῖν, ὅτι ὃς ἂν ἀπολύσῃ τὴν
γυναῖκα αὐτοῦ, παρεκτὸς λόγου πορνείας, ποιεῖ αὐτὴν μοιχᾶσθαι·
καὶ ὃς ἐὰν ἀπολελυμένην γαμήσῃ, μοιχᾶται. Πάλιν ἠκούσατε ὅτι
ἐῤῥέθη τοῖς ἀρχαίοις· « Οὐκ ἐπιορκήσεις· ἀποδώσεις δὲ τῷ Κυρίῳ
τοὺς ὅρκους σου. » Ἐγὼ δὲ λέγω ὑμῖν, μὴ ὁμόσαι ὅλως· μήτε ἐν τῷ
οὐρανῷ, ὅτι θρόνος ἐστὶ τοῦ Θεοῦ· μήτε ἐν τῇ γῇ, ὅτι ὑποπόδιόν
ἐστι τῶν ποδῶν αὐτοῦ· μήτε εἰς Ἱεροσόλυμα, ὅτι πόλις ἐστὶ τοῦ
μεγάλου βασιλέως· μήτε ἐν τῇ κεφαλῇ σου ὀμόσῃς, ὅτι οὐ δύνασαι
μίαν τρίχα λευκὴν ἢ μέλαιναν ποιῆσαι. Ἔστω δὲ ὁ λόγος ὑμῶν·
ναὶ ναί, οὒ οὔ· τὸ δὲ περισσὸν τούτων, ἐκ τοῦ πονηροῦ ἐστιν.

§. 8. Ἠκούσατε ὅτι ἐῤῥέθη· « Ὀφθαλμὸν ἀντὶ ὀφθαλμοῦ, καὶ
ὀδόντα ἀντὶ ὀδόντος. » Ἐγὼ δὲ λέγω ὑμῖν, μὴ ἀντιστῆναι τῷ πονηρῷ·
ἀλλ' ὅστις σε ῥαπίσει ἐπὶ τὴν δεξιάν σου σιαγόνα, στρέφον αὐτῷ καὶ
τὴν ἄλλην· καὶ τῷ θέλοντί σοι κριθῆναι, καὶ τὸν χιτῶνά σου λαβεῖν,
ἄφες αὐτῷ καὶ τὸ ἱμάτιον· καὶ ὅστις σε ἀγγαρεύσει μίλιον ἕν, ὕπαγε
μετ' αὐτοῦ δύο. Τῷ αἰτοῦντί σε, δίδου· καὶ τὸν θέλοντα ἀπὸ σοῦ
δανείσασθαι, μὴ ἀποστραφῇς.

§. 9. Ἠκούσατε ὅτι ἐῤῥέθη· « Ἀγαπήσεις τὸν πλησίον σου, καὶ
μισήσεις τὸν ἐχθρόν σου. » Ἐγὼ δὲ λέγω ὑμῖν· ἀγαπᾶτε τοὺς ἐχθροὺς
ὑμῶν, εὐλογεῖτε τοὺς καταρωμένους ὑμᾶς, καλῶς ποιεῖτε τοῖς
μισοῦσιν ὑμᾶς, καὶ προσεύχεσθε ὑπὲρ τῶν ἐπηρεαζόντων ὑμᾶς καὶ
διωκόντων ὑμᾶς, ὅπως γένησθε υἱοὶ τοῦ πατρὸς ὑμῶν, τοῦ ἐν
οὐρανοῖς· ὅτι τὸν ἥλιον αὐτοῦ ἀνατέλλει ἐπὶ πονηροὺς καὶ ἀγαθούς,
καὶ βρέχει ἐπὶ δικαίους καὶ ἀδίκους. Ἐὰν γὰρ ἀγαπήσητε τοὺς
ἀγαπῶντας ὑμᾶς, τίνα μισθὸν ἔχετε; οὐχὶ καὶ οἱ Τελῶναι τὸ αὐτὸ

ere hori bera eguiten? Eta baldin zuen anayei soilki be-
guitarte eguiten badiozue, cer eguiten duzue guehiago?
ez dute Paganoec ere horrela eguiten? Citezten bada zuec
perfet, zuen aita ceruetan dena perfet den bezala.

§. 10. Beguirauzue zuen yustutasuna ez eguiteaz guizonen
aitcinean, hetaz icus citeztenzat : bercenaz sariric ez duzue
ucanen, zuen aita ceruetan dena baitan. Bada erremusina
eguiten duzunean, ez dezazula trompeta yoaraci zure ait-
cinean, hipocritec eguiten duten bezala sinagoguetan eta
carriketan, guizonez ohoratu ditenzat. Eguiaz diotsuet,
errecibitcen dute bere saria. Bainan zure erremusina egui-
ten duzunean, ez dezala zure ezkerra yakin cer eguiten
duen zure escuinac, zure erremusina secretuan dadinzat :
eta zure aita secretuan icusten duenac, errendatuco dautzu
aguerrian.

§. 11. Eta otoitz eguiten duzunean, ez citela hipocri-
tac bezala : ecen maite dute chutic daudelaric sinagogue-
tan eta carrica cantoinetan otoitz eguitea, guizonez icus
ditenzat. Eguiaz diotsuet, errecibitcen dutela bere saria.
Bainan otoitz eguiten duzunean, sar cite zure gambara-
choan, eta zure borta hersiric, otoitz eguiozu zure aita
secretuan denari : eta zure aita secretuan icusten duenac,
errendatuco dautzu aguerrian. Bada otoitz eguiten duzue-
nean, ez dezazuela hanitz eras Paganoec bezala : ecen uste
dute bere hanitz erasteaz enzunen direla. Ez citeztela beraz
hetarat iduri : ecen badaki zuen aitac ceren behar cireten,
galda diozazuen baino lehen.

§. 12. — Hunela beraz zuec otoitz eguizue :
Gure Aita ceruetan cirena,
santifica bedi zure icena ;
etor bedi zure erresuma ;
eguin bedi zure borondatea, ceruan bezala, lurrean ere.
Gure eguneco oguia iguzu egun ;
eta barca zagutzu gure zorrac,
nola guc ere gure zordunei barcatcen baidioztegu ;
eta ez guitzazula sarraraci tentamendutan ;
bainan libra guitzazu gaistotic.
— Ecen zurea da erresuma, eta puchancia, eta gloria
[seculacotz. —Hala-biz !
Ecen baldin barcatcen badioztezue guizonei bere ofen-
sac, barcatuco daitzue zuci ere zuen aita cerucoac : bainan
baldin ez badioztezue barcatcen guizonei bere ofensac,
zuen aitac ere ez daitzue barcatcen zuen ofensac.

ποιοῦσι; Καὶ ἐὰν ἀσπάσησθε τοὺς ἀδελφοὺς ὑμῶν μόνον, τί περισ-
σὸν ποιεῖτε; οὐχὶ καὶ οἱ Ἐθνικοὶ οὕτω ποιοῦσιν; Ἔσεσθε οὖν ὑμεῖς
τέλειοι, ὥσπερ ὁ πατὴρ ὑμῶν, ὁ ἐν τοῖς οὐρανοῖς, τέλειός ἐςι.

§. 10. Προςέχετε τὴν δικαιοσύνην ὑμῶν μὴ ποιεῖν ἔμπροσθεν τῶν
ἀνθρώπων, πρὸς τὸ θεαθῆναι αὐτοῖς· εἰ δὲ μήγε, μισθὸν οὐκ ἔχετε
παρὰ τῷ πατρὶ ὑμῶν, τῷ ἐν τοῖς οὐρανοῖς. Ὅταν οὖν ποιῇς ἐλεημο-
σύνην, μὴ σαλπίσῃς ἔμπροσθέν σου, ὥσπερ οἱ ὑποκριταὶ ποιοῦσιν
ἐν ταῖς συναγωγαῖς καὶ ἐν ταῖς ῥύμαις, ὅπως δοξασθῶσιν ὑπὸ τῶν
ἀνθρώπων. Ἀμὴν λέγω ὑμῖν, ἀπέχουσι τὸν μισθὸν αὐτῶν. Σοῦ δὲ
ποιοῦντος ἐλεημοσύνην, μὴ γνώτω ἡ ἀριςερά σου τί ποιεῖ ἡ δεξιά
σου, ὅπως ᾖ σου ἡ ἐλεημοσύνη ἐν τῷ κρυπτῷ· καὶ ὁ πατήρ σου, ὁ
βλέπων ἐν τῷ κρυπτῷ, αὐτὸς ἀποδώσει σοι ἐν τῷ φανερῷ.

§. 11. Καὶ ὅταν προςεύχῃ, οὐκ ἔσῃ ὥσπερ οἱ ὑποκριταί· ὅτι
φιλοῦσιν ἐν ταῖς συναγωγαῖς καὶ ἐν ταῖς γωνίαις τῶν πλατειῶν
ἑςῶτες προςεύχεσθαι, ὅπως ἂν φανῶσι τοῖς ἀνθρώποις. Ἀμὴν λέγω
ὑμῖν, ὅτι ἀπέχουσι τὸν μισθὸν αὐτῶν. Σὺ δέ, ὅταν προςεύχῃ,
εἴςελθε εἰς τὸ ταμεῖόν σου, καὶ κλείσας τὴν θύραν σου, πρόςευξαι
τῷ πατρί σου, τῷ ἐν τῷ κρυπτῷ· καὶ ὁ πατήρ σου, ὁ βλέπων ἐν τῷ
κρυπτῷ, ἀποδώσει σοι ἐν τῷ φανερῷ. Προσευχόμενοι δὲ μὴ βαττο-
λογήσητε, ὥσπερ οἱ Ἐθνικοί· δοκοῦσι γὰρ ὅτι ἐν τῇ πολυλογίᾳ αὐτῶν
εἰσακουσθήσονται. Μὴ οὖν ὁμοιωθῆτε αὐτοῖς· οἶδε γὰρ ὁ πατὴρ ὑμῶν
ὧν χρείαν ἔχετε, πρὸ τοῦ ὑμᾶς αἰτῆσαι αὐτόν.

§. 12. — Οὕτως οὖν προςεύχεσθε ὑμεῖς·
ΠΑΤΕΡ ΗΜΩΝ, ὁ ἐν τοῖς οὐρανοῖς,
ἁγιασθήτω τὸ ὄνομά σου·
ἐλθέτω ἡ βασιλεία σου·
γενηθήτω τὸ θέλημά σου, ὡς ἐν οὐρανῷ, καὶ ἐπὶ τῆς γῆς.
Τὸν ἄρτον ἡμῶν τὸν ἐπιούσιον δὸς ἡμῖν σήμερον·
καὶ ἄφες ἡμῖν τὰ ὀφειλήματα ἡμῶν,
ὡς καὶ ἡμεῖς ἀφίεμεν τοῖς ὀφειλέταις ἡμῶν·
καὶ μὴ εἰςενέγκῃς ἡμᾶς εἰς πειρασμόν·
ἀλλὰ ῥῦσαι ἡμᾶς ἀπὸ τοῦ πονηροῦ·
— Ὅτι σοῦ ἐςιν ἡ βασιλεία, καὶ ἡ δύναμις, καὶ ἡ δόξα εἰς τοὺς
[αἰῶνας. — Ἀμήν.
Ἐὰν γὰρ ἀφῆτε τοῖς ἀνθρώποις τὰ παραπτώματα αὐτῶν, ἀφήσει
καὶ ὑμῖν ὁ πατὴρ ὑμῶν, ὁ οὐράνιος· ἐὰν δὲ μὴ ἀφῆτε τοῖς ἀνθρώποις
τὰ παραπτώματα αὐτῶν, οὐδὲ ὁ πατὴρ ὑμῶν ἀφήσει τὰ παραπτώ-
ματα ὑμῶν.

§. 13. Bada barur eguiten duzuenean , ez citeztela ichu-
ra tristetaco, hipocritac bezala : ecen desguisatcen dituzte
bere beguitarteac , barur direla guizonei agueri dakienzat.
Eguiaz diotsuet , errecibitcen dutela bere saria. Bainan
zuc barur eguiten duzunean , ganzu zazu zure burua , eta
icuz zazu zure beguitartea , guizonei barur cirela aguer i
ez dakienzat , bainan zure aita secretuan denari : eta zure
aita secretuan icusten duenac , errendatuco dautzu.

§. 14. Ez ditzazuela eguin zuen tresorac lurrean , non
harrac eta herdoilac consomitcen baiditu , eta non ohoinec
chilatcen eta ebasten baidituzte : bainan eguin itzazue zuen
tresorac ceruan , non ez harrac ez herdoilac ez baiditu con-
somitcen , eta non ohoinec ez baidituzte chilatcen ez ebas-
ten. Ecen non baita zuen tresora , han izanen da zuen
bihotza ere. Gorputzaren arguia da beguia : baldin beraz
zure beguia simple bada , zure gorputz gucia arguitu iza-
nen da : bainan baldin zure beguia gaisto bada , zure gor-
putz gucia ilun izanen da. Baldin beraz zure baitan den
arguia ilumbe bada , ilumbe bera cein haudi izanen da !

§. 15. Nehorc bi nausi ecin cerbitza ditzake : ecen edo
bat gaitcetsico du , eta bercea maitatuco ; edo estecatuco
zayo batari , eta mezprezatuco du bercea. Ecin cerbitza
ditzakezue Yaincoa eta Aberastasuna (*). Hortacotz diot-
suet , ez dezazuen artaric zuen bicitceaz , cer yanen du-
zuen , eta cer edanen ; ez eta zuen gorputzaz , certaz bez-
tituco cireten. Ez da bicia hazgarria baino guehiago , eta
gorputza beztimendua baino?

§. 16. Considera itzazue ceruco choriac , ecen ez dute
eraiten , ez bilcen , ez bilcatcen bihiteguietan ; eta zuen
aita cerucoac hazten ditu hec : ez cirete zuec hanitcez hec
baino etcelentago? Eta norc zuetaric arta ucanez emen-
datcen ahal du beso bat bere tailari? Eta beztimenduaz
cer gatic cirete artatsu? Icas zazue nola landaco liliac han-
ditcen diren : ez dire necatcen , eta ez dute iruten ; bainan
diotsuet Salomon bera , bere gloria gucian , ez dela bez-
titu hetaric bat bezala. Bada baldin landaco egun belhar
dena , eta bihar labera aurdikitcen dena , Yaincoac hala
inguru beztitcen badu , eza zuec hanitcez guehiago , fede
chipicoac ?

(*) Errechago da cable bat orratzaren chilotic iragan dadin,
ecen ez aberatsa Yaincoaren erresuman sar dadin. XIX. 24.

§. 13. Ὅταν δὲ νηϛεύητε, μὴ γίνεσθε, ὥςπερ οἱ ὑποκριταί, σκυθρωποί· ἀφανίζουσι γὰρ τὰ πρόςωπα αὐτῶν, ὅπως φανῶσι τοῖς ἀνθρώποις νηϛεύοντες. Ἀμὴν λέγω ὑμῖν, ὅτι ἀπέχουσι τὸν μισθὸν αὐτῶν. Σὺ δὲ νηϛεύων, ἄλειψαί σου τὴν κεφαλὴν, καὶ τὸ πρόςωπόν σου νίψαι, ὅπως μὴ φανῇς τοῖς ἀνθρώποις νηϛεύων, ἀλλὰ τῷ πατρί σου, τῷ ἐν τῷ κρυπτῷ· καὶ ὁ πατήρ σου, ὁ βλέπων ἐν τῷ κρυπτῷ, ἀποδώσει σοι.

§. 14. Μὴ θησαυρίζετε ὑμῖν θησαυροὺς ἐπὶ τῆς γῆς, ὅπου σὴς καὶ βρῶσις ἀφανίζει, καὶ ὅπου κλέπται διορύσσουσι καὶ κλέπτουσι· θησαυρίζετε δὲ ὑμῖν θησαυροὺς ἐν οὐρανῷ, ὅπου οὔτε σής, οὔτε βρῶσις ἀφανίζει, καὶ ὅπου κλέπται οὐ διορύσσουσιν, οὐδὲ κλέπτουσιν. Ὅπου γὰρ ἐϛιν ὁ θησαυρὸς ὑμῶν, ἐκεῖ ἔϛαι καὶ ἡ καρδία ὑμῶν. Ὁ λύχνος τοῦ σώματός ἐϛιν ὁ ὀφθαλμός· ἐὰν οὖν ὁ ὀφθαλμός σου ἁπλοῦς ᾖ, ὅλον τὸ σῶμά σου φωτεινὸν ἔϛαι· ἐὰν δὲ ὁ ὀφθαλμός σου πονηρὸς ᾖ, ὅλον τὸ σῶμά σου σκοτεινὸν ἔϛαι. Εἰ οὖν τὸ φῶς, τὸ ἐν σοί, σκότος ἐϛί, τὸ σκότος πόσον ;

§. 15. Οὐδεὶς δύναται δυσὶ κυρίοις δουλεύειν· ἢ γὰρ τὸν ἕνα μισήσει, καὶ τὸν ἕτερον ἀγαπήσει· ἢ ἑνὸς ἀνθέξεται, καὶ τοῦ ἑτέρου καταφρονήσει. Οὐ δύνασθε Θεῷ δουλεύειν καὶ Μαμμωνᾷ (*). Διὰ τοῦτο λέγω ὑμῖν, μὴ μεριμνᾶτε τῇ ψυχῇ ὑμῶν, τί φάγητε, καὶ τί πίητε· μηδὲ τῷ σώματι ὑμῶν, τί ἐνδύσησθε. Οὐχὶ ἡ ψυχὴ πλεῖόν ἐϛι τῆς τροφῆς, καὶ τὸ σῶμα τοῦ ἐνδύματος ;

§. 16. Ἐμβλέψατε εἰς τὰ πετεινὰ τοῦ οὐρανοῦ, ὅτι οὐ σπείρουσιν, οὐδὲ θερίζουσιν, οὐδὲ συνάγουσιν εἰς ἀποθήκας· καὶ ὁ πατὴρ ὑμῶν ὁ οὐράνιος τρέφει αὐτά· οὐχ ὑμεῖς μᾶλλον διαφέρετε αὐτῶν ; Τίς δὲ ἐξ ὑμῶν μεριμνῶν δύναται προςθεῖναι ἐπὶ τὴν ἡλικίαν αὐτοῦ πῆχυν ἕνα ; Καὶ περὶ ἐνδύματος τί μεριμνᾶτε ; Καταμάθετε τὰ κρίνα τοῦ ἀγροῦ, πῶς αὐξάνει· οὐ κοπιᾷ, οὐδὲ νήθει· λέγω δὲ ὑμῖν ὅτι οὐδὲ Σολομὼν, ἐν πάσῃ τῇ δόξῃ αὐτοῦ, περιεβάλετο ὡς ἓν τούτων. Εἰ δὲ τὸν χόρτον τοῦ ἀγροῦ, σήμερον ὄντα, καὶ αὔριον εἰς κλίβανον βαλλόμενον, ὁ Θεὸς οὕτως ἀμφιέννυσιν, οὐ πολλῷ μᾶλλον ὑμᾶς, ὀλιγόπιϛοι ;

(*) Εὐκοπώτερόν ἐϛι κάμιλον διὰ τρυπήματος ῥαφίδος διελθεῖν, ἢ πλούσιον εἰς τὴν βαϛιλείαν τοῦ Θεοῦ εἰςελθεῖν.   XIX. 24.

§. 17. Ez citeztela beraz artatsu, diozuelaric : Cer ya-
nen dugu, edo cer edanen dugu, edo certaz beztituco
guire? (ceren gauza horiec guciac Paganoec bilatcen bai-
dituzte.) Ecen badaki zuen aita cerucoac, gauza horien
gucien beharra baduzuela. Bainan bila zazue lehenic Yain-
coaren erresuma, eta haren yusticia ; eta gauza horiec
guciac emanen zaizue gaineraco. Ez citeztela bada artatsu
biharamunaz ; ecen biharamunac beretaco arta ucanen du :
egunac aski du bere nekeaz.

§. 18. Ez dezazuela yuya, yuya ez citeztenzat : ecen cer
yuyamenduz yuyatcen baiduzue, yuyatuco cirete ; eta cer
neurriz neurcen baiduzue, neurtuco zauzue. Eta cer gatic
behatcen diozu zure anayaren beguian den lastoari, eta
zure beguian den ernayari ez cizayo oharcen? Edo nola
diotsozu zure anayari? Utzazu edeki dezadan ernaya zure
beguitic : eta, horra, ernaya zure beguian. Hipocrita,
edeki zazu lehenic ernaya zure beguitic, eta orduan beha-
tuco duzu, edeki dezazun lastoa zure anayaren beguitic.

§. 19. Ez dezazuela eman gauza saindua chacurrei, eta
ez ditzazuela egotz zuen perlac urden aitcinera ; bere oinez
ostica ez ditzaten, eta itzuliric porrosca ez citzaten zuec.

§. 20. Galda zazue, eta emanen zauzue ; bila zazue,
eta edirenen duzue ; yo zazue, eta idekiren zauzue. Ecen
galdatcen duen guciac, errecibitcen du ; eta bilatcen due-
nac, edireiten du ; eta yoiten duenari, idekiren zayo. Ecen
nor da zuetaric guizona, baldin bere semea ogui galdatcen
badio, harri bat emanen dioena? Eta, baldin arrain gal-
datcen badio, ala sugue bat emanen dio? Beraz zuec gaisto
ciretelaric, baldin badakizue gauza onen zuen haurrei
emaiten, cembatez guehiago zure aita ceruetan denac,
emanen diozte gauza onac galdatcen diotzatenei?

§. 21. Bada guizonec zuei eguin dietzazuen nahi ditu-
zuen gauza guciac, eguietcezue zuec ere heyei halaber :
ecen hau da leguea eta profetac. Sar citezte borta hersitic ;
ecen borta largoa eta bide zabala da galcera eramaiten
duena, **eta** hauitz dire hartaric sarcen direnac : ecen borta
hersia da eta bide hersia bicitcera eramaiten duena, eta
guti dire hura edireiten dutenac.

§. 22. Beguirauzue bada profeta falsoetaric, ceinac zue-
tara etorcen baidire ardi beztimenduetan ; bainan barnean
otso harrapari dire. Bere frutuetaric etzagutuco dituzue
hec. Bilcen direa elhorrietaric mahatsac, edo cardoetaric

§. 17. Μὴ οὖν μεριμνήσητε, λέγοντες· Τί φάγωμεν, ἢ τί πίωμεν, ἢ τί περιβαλώμεθα; (πάντα γὰρ ταῦτα τὰ Ἔθνη ἐπιζητεῖ). Οἶδε γὰρ ὁ πατὴρ ὑμῶν ὁ οὐράνιος, ὅτι χρῄζετε τούτων ἁπάντων. Ζητεῖτε δὲ πρῶτον τὴν βασιλείαν τοῦ Θεοῦ, καὶ τὴν δικαιοσύνην αὐτοῦ· καὶ ταῦτα πάντα προστεθήσεται ὑμῖν. Μὴ οὖν μεριμνήσητε εἰς τὴν αὔριον· ἡ γὰρ αὔριον μεριμνήσει τὰ ἑαυτῆς. Ἀρκετὸν τῇ ἡμέρᾳ ἡ κακία αὐτῆς.

§. 18. Μὴ κρίνετε, ἵνα μὴ κριθῆτε. Ἐν ᾧ γὰρ κρίματι κρίνετε, κριθήσεσθε· καὶ ἐν ᾧ μέτρῳ μετρεῖτε, μετρηθήσεται ὑμῖν. Τί δὲ βλέπεις τὸ κάρφος, τὸ ἐν τῷ ὀφθαλμῷ τοῦ ἀδελφοῦ σου, τὴν δὲ ἐν τῷ σῷ ὀφθαλμῷ δοκὸν οὐ κατανοεῖς; Ἢ πῶς ἐρεῖς τῷ ἀδελφῷ σου; Ἄφες, ἐκβάλω τὸ κάρφος ἀπὸ τοῦ ὀφθαλμοῦ σου· καί, ἰδού, ἡ δοκὸς ἐν τῷ ὀφθαλμῷ σου. Ὑποκριτά, ἔκβαλε πρῶτον τὴν δοκὸν ἐκ τοῦ ὀφθαλμοῦ σου, καὶ τότε διαβλέψεις ἐκβαλεῖν τὸ κάρφος ἐκ τοῦ ὀφθαλμοῦ τοῦ ἀδελφοῦ σου.

§. 19. Μὴ δῶτε τὸ ἅγιον τοῖς κυσί, μηδὲ βάλητε τοὺς μαργαρίτας ὑμῶν ἔμπροσθεν τῶν χοίρων· μήποτε καταπατήσωσιν αὐτοὺς ἐν τοῖς ποσὶν αὐτῶν, καὶ στραφέντες ῥήξωσιν ὑμᾶς.

§. 20. Αἰτεῖτε, καὶ δοθήσεται ὑμῖν· ζητεῖτε, καὶ εὑρήσετε· κρούετε, καὶ ἀνοιγήσεται ὑμῖν. Πᾶς γὰρ ὁ αἰτῶν λαμβάνει· καὶ ὁ ζητῶν εὑρίσκει· καὶ τῷ κρούοντι ἀνοιγήσεται. Ἢ τίς ἐστιν ἐξ ὑμῶν ἄνθρωπος, ὃν ἐὰν αἰτήσῃ ὁ υἱὸς αὐτοῦ ἄρτον, μὴ ὄφιν ἐπιδώσει αὐτῷ; Καί, ἐὰν ἰχθὺν αἰτήσῃ, μὴ ὄφιν ἐπιδώσει αὐτῷ; Εἰ οὖν ὑμεῖς, πονηροὶ ὄντες, οἴδατε δόματα ἀγαθὰ διδόναι τοῖς τέκνοις ὑμῶν, πόσῳ μᾶλλον ὁ πατὴρ ὑμῶν, ὁ ἐν τοῖς οὐρανοῖς, δώσει ἀγαθὰ τοῖς αἰτοῦσιν αὐτόν;

§. 21. Πάντα οὖν, ὅσα ἂν θέλητε ἵνα ποιῶσιν ὑμῖν οἱ ἄνθρωποι, οὕτω καὶ ὑμεῖς ποιεῖτε αὐτοῖς· οὗτος γάρ ἐστιν ὁ νόμος καὶ οἱ προφῆται. Εἰσέλθετε διὰ τῆς στενῆς πύλης· ὅτι πλατεῖα ἡ πύλη, καὶ εὐρύχωρος ἡ ὁδός, ἡ ἀπάγουσα εἰς τὴν ἀπώλειαν, καὶ πολλοί εἰσιν οἱ εἰσερχόμενοι δι' αὐτῆς· ὅτι στενὴ ἡ πύλη, καὶ τεθλιμμένη ἡ ὁδός, ἡ ἀπάγουσα εἰς τὴν ζωήν, καὶ ὀλίγοι εἰσὶν οἱ εὑρίσκοντες αὐτήν.

§. 22. Προσέχετε δὲ ἀπὸ τῶν ψευδοπροφητῶν, οἵτινες ἔρχονται πρὸς ὑμᾶς ἐν ἐνδύμασι προβάτων, ἔσωθεν δέ εἰσι λύκοι ἅρπαγες. Ἀπὸ τῶν καρπῶν αὐτῶν ἐπιγνώσεσθε αὐτούς. Μήτι συλλέγουσιν ἀπὸ

SOMMAIRES DES 24 PARAGRAPHES

DU SERMON SUR LA MONTAGNE.

www.ingramcontent.com/pod-product-compliance
Lightning Source LLC
LaVergne TN
LVHW012130170726
843501LV00008BC/3103